孤独比任何一切都更强有力。

——弗兰兹·卡夫卡

目 录

导　读　孤独是卡夫卡人生一以贯之的主题　　001

"孤独三部曲"的成书背景、版本说明及书中人物原型　　037

　　《失踪者》　　038

　　《审判》　　045

　　《城堡》　　059

卡夫卡大事年表　在孤独世界里挣扎的孤独者　　067

导 读

孤独是卡夫卡人生一以贯之的主题

作者：曾艳兵

（中国人民大学文学院教授、博士生导师，天津师范大学讲座教授。主持国家社科基金重点项目《卡夫卡与中国文学、文化之关系研究》。代表著作有《卡夫卡研究》《卡夫卡的眼睛》等。）

2024年是布拉格犹太裔德语作家弗兰兹·卡夫卡逝世100周年。全球卡夫卡学界和读者都在关注、思考、言说、书写卡夫卡，并掀起了一股重读卡夫卡作品的热浪。

"卡夫卡是一位极为重要的现代欧洲作家，因为他最鲜明地把握了我们这个世纪的人类境况。"[1]卡夫卡仿佛与我们的时代同行，无处不在，随时可见。虽然不能说世界都已经变成"卡夫卡式"的，但"卡夫卡式"已成为世界的重要组成部分，或者说重要特征之一了。

卡夫卡的三部长篇小说可以看作前后连贯一致的"三部曲"，描写一个人从出生到童年、青年、成年和壮年的成长经历。"至少在观念上，这部小说（《失踪者》）并没有与以后的创作完全分离，它第一次奏响了以后一再出现在卡夫卡的三部长篇小说中的主旋律。"[2]德国当代著名卡夫卡研究专家施塔赫说："权力、恐惧、孤独是卡夫卡世界中的三个根本

---

[1] 瓦尔特·比梅尔：《当代艺术的哲学分析·中文版前言》，孙周兴、李媛译，商务印书馆，1999，第1页。——作者注（如无特别说明，本文注释均为导读作者注）
[2] Ernst Pawel, *The Nightmare of Reason—A Life of Franz Kafka*, New York: Farrar, Straus and Giroux, 1984, p.255.

母题，它们之间相互联系。"[1]孤独是卡夫卡人生一以贯之的主题，也贯穿在卡夫卡的所有作品中。卡夫卡的三部未完成的长篇小说《失踪者》、《审判》和《城堡》极具代表性地表现了这一主题，因而也被学界称作"孤独三部曲"。这三部作品中主人公的共同特点之一，就是他们都从纯真世界被驱赶出来，一次次面对孤独。"罗斯曼因为与女佣的性关系而被驱逐到了美国的新生活之中。约瑟夫·K.因为无法证明自己'法律上的无罪'而被驱逐到'新世界'。而K.则是因为城堡不能接受他到那里去的'纯真'理由而被驱逐到了不确定的'新世界'。"[2]三个主人公最重要的特点就是在这个世界孤独无助、赴愬[3]无门。

这正是卡夫卡所创造的独特的艺术世界——"卡夫卡式"（Kafkaesque）的最重要的特征。有学者从词源学上对"Kafkaesque"这个词进行了辨析梳理，认为"总的说来，Kafkaesque除了在文学意义上理解为卡夫卡的写作风格外，一般的理解是指人受到自己无法理解、无法左右的力量的控制和摆布，发现自己处在一种不能以理性和逻辑去解释的、荒诞神秘的景况中，内心充满恐惧、焦虑、迷惑、困扰和愤怒，但又无可奈何，找不到出路；那任意摆布人的力量是出自那样庞大复杂的机制，它又是那样地随意，它无所不在，

---

[1] 莱纳·施塔赫：《卡夫卡传：早年》，任卫东译，广西师范大学出版社，2022，第72页。
[2] 库斯：《卡夫卡：迷路的羔羊》，张振、刘洵译，大连理工大学出版社，2008，第66页。
[3] 意为奔走求告，上诉。——编者注

又无所寓形,人受到它的压抑却又赴愬无门"[1]。总之,"卡夫卡式"就是"恐怖、怪诞、神秘"[2]的代名词。但是,我认为这个解释还不够充分和准确,更应该加上"荒诞、悖谬、隐喻"等意思。卡夫卡的三部长篇小说无疑是这种"卡夫卡式"的最佳呈现。

一、《失踪者》:"新世界"的失踪者

卡夫卡的好友马克斯·布罗德(1884—1968)

---

[1] 谢莹莹:《Kafkaesque——卡夫卡的作品与现实》,《外国文学》1996年第1期,第41—47页。
[2] 陆谷孙主编:《英汉大词典》,上海译文出版社,2007,第960页。

《失踪者》（又译《美国》），是卡夫卡的第一部长篇小说，写于1912年至1914年。这也是他的三部长篇小说中出版最晚（1927年）的一部。卡夫卡没有写完这部小说，还在遗嘱中要求应当将其予以焚毁。1927年，小说经过卡夫卡的朋友布罗德的编辑整理，以《美国》为书名出版。卡夫卡没有去过美国，但他却经常提及他的"美国小说"；不过，卡夫卡在书信中提到这部小说时称它为《失踪者》。我国著名卡夫卡研究专家叶廷芳先生认为，"失踪者"也许更符合卡夫卡的"本意"：失踪就是走向孤独，一次次失踪就是一次次走向孤独，最后彻底的失踪就是从孤独走向死亡。

十七岁的卡尔·罗斯曼被他那可怜的父母送去美国，因为一个女佣引诱了他，并怀了他的孩子。[1]

小说一开始，主人公就从他的家乡、他的祖国、欧洲大陆只身出走，来到陌生的美国。卡尔的舅舅——爱德华参议员——在得知卡尔受女佣引诱被父母抛弃后，特意来到纽约码头迎接他。但随后卡尔因对舅舅稍不服从，也遭到了他的驱逐。于是，卡尔离开舅舅的别墅，重新上路。他从舅舅的家中失踪，又从繁华的纽约闹市失踪，最终消失在了茫茫的流浪者队伍之中。卡尔在流浪的过程中受到了两个流浪汉的欺骗；后来他在西方饭店谋得一个电梯工的位置，不过也很快就被领班解雇了。卡尔于是再次失踪，开始了避难流亡的

---

[1] 参见《失踪者》第1页。

生活。卡尔从一次次失望到最后彻底无望。正是在这种无望之中，卡夫卡安排了"俄克拉荷马的自然剧场"一章。卡尔从广告上得知某剧场招人，他以"Negro"为名前去应聘，被录用为演员，后又改聘为技术工。"Negro"是一个黑人的名字，这个名字在字母的字数与元音的排列上与卡夫卡（Kafka）有着某些相似性。卡尔遗忘了他昔日做过的一切，甚至将父母赐予他的名字"卡尔·罗斯曼"也抛弃了，他最终疾步登上了远去的列车……这时的卡尔，没有了过去，没有了牵挂，没有了明确的身份，不知从何处来，也不知向何处去，终于从读者的视野中彻底消失。

在《失踪者》中，卡夫卡的孤独主题主要体现在以下三个方面。

首先，在宗教意义上，卡尔最初的孤独被解释为个人面对上帝的孤独。卡尔因为受到女佣的引诱而失去了上帝的恩宠，正如人类因为原罪而失去了上帝的恩宠一样。人一旦失去了上帝，失去了信仰，也就失去了生活的目标和意义，因而也就成了孤独的人。卡夫卡笔下的美国"充满了罪孽，而不是罪恶，其中罪恶和纯真都是与罪孽相关的"。并且，"在美国和在欧洲一样，孩子们都受到了家庭和社会的压制；他所犯下的罪行都是不可避免的，所犯下的错误也是由年轻和没有经验以及受可耻的敦促而造成的"[1]。

其次，在政治意义上，人因为追求自由而失去了自己的身

---

[1] 库斯：《卡夫卡：迷路的羔羊》，张振、刘洵译，大连理工大学出版社，2008，第56页。

份和地位，因而成为孤独的人。追求自由本来是人的理想，但是在现实生活中，人却迫不得已地不断颠覆对自由的追求。追求自由变成了对自我的放逐，最终孤独漂泊，无所归属。

最后，在社会意义上，人在现代工业社会中，尤其是在官僚技术机构中失却了自身，孤苦无助。"在一个官僚化的、非个人化的社会里，人的无家感和异化感更趋强烈。"[1]在现代工业社会里，孤独的个人完全消失在冷酷的社会程序与秩序之中。

美国这个新世界被认为，或者说自认为是一个自由、民主、法治的国家。但是，在卡夫卡的小说里，美国的"法"不过是暴力和强权的象征。在西方饭店，卡尔因为送烂醉如泥的罗宾逊去寝室休息，离开了看守电梯的岗位两分钟——在此之前他已经将工作托付给了另一位电梯工——领班发现后便立刻对卡尔展开了审问：

> "你未经允许就离开了岗位。你知道这意味着什么吗？意味着解雇。我不想听任何借口，你那些谎言就自己留着吧，你不在那里，这个事实对我来说就足够了……"
>
> …………
>
> "你是不是突然觉得身体不适呢？"大堂经理狡猾地问道。

---

[1] 威廉·巴雷特：《非理性的人——存在主义哲学研究》，段德智译，上海译文出版社，2007，第37页。

卡尔用审视的目光看着他，回答道："不是。"

"所以你一点都没觉得不舒服？"大堂经理越发大声地喊道，"那么，你一定是想出了什么精妙绝伦的谎话。你有什么借口呢？说出来听听吧。"[1]

大堂经理根本就不听解释，卡尔所有的解释都是辩解，任何申诉都没有意义，也没有人相信。卡尔的"罪"早就注定了，因为大堂经理是有权力的，所有的门房都在他的领导之下。领班和门房长就是真相和真理的代表，可以凌驾于一切之上。卡夫卡在这里展现的已经不仅仅是"美国"的现状，而是触及了"法"的冷漠与残酷。

在这样一个依仗权力、威力和暴力生存的环境下，一个普通的外乡人难以生存，根本找不到自己的位置，很快就会迷失方向，找不到出路。这就是"迷路"，并且不停地"迷路"。小说主人公卡尔的生存处境和命运就是如此。米勒认为，在卡夫卡的小说中，曾经所谓的"环境"其实是重要的发生机制，它客观地对应着小说中那种迫近的恶兆。卡夫卡笔下主人公迷路的经历，可以被视为现象学意义上"卡夫卡式"的"我思"。但不是"我思故我在"，而是"我迷失故我在"。[2]

卡尔在美国的种种遭遇其实不过是他最初在船上迷路的延续和发展。"迷路"是"卡夫卡式"的独特场景，一经出现，便不断重复。迷路这一事件在《失踪者》中随处可见，在

---

[1] 参见《失踪者》第153页。
[2] 希利斯·米勒：《共同体的焚毁：奥斯维辛前后的小说》，陈旭译，南京大学出版社，2019，第73页。

卡夫卡另外的小说中也是如此。迷路的场景几乎构成了卡夫卡小说的主旋律。船一抵达纽约港，卡尔就在船上迷路了。卡尔扛着箱子准备下船，发现自己的雨伞落在了船舱里，于是他折回去取雨伞，但他回去的路已经被堵死。"他不得不穿过一道接一道的楼梯、不断转弯的走廊、一间放着一张被遗弃桌子的空荡荡的房间，费力地寻找着，由于他只走过这条路一两次，而且还是跟很多人一起走的，所以他现在彻底迷路了。"[1]卡尔一抵达美国港口，还未踏上美国的土地就迷路了。从此，这种迷路的经历和遭遇经常伴随稚嫩的卡尔。也正因为迷路，卡尔误打误撞地走进了锅炉工的船舱，于是有了小说第一章的主要内容。卡尔的舅舅爱德华·雅各布在船上与卡尔相认，然后将卡尔带到了自己创办的公司。

雅各布舅舅经营着一家从事委托、运输业务的商行：

> 这是一种委托和运输的业务，在卡尔的印象中，在欧洲可能根本找不到这类业务。实际上，该业务是一种中间贸易，不是直接把商品从生产者那里送到消费者或是商人的手中，而是替大型的工厂联盟介绍所有的商品和原材料，并包括这些货物在他们之间的调解周旋。……而当人们走进电话大厅，会看到每间电话亭的门都在不停地开开关关，电话铃声令人晕头转向。舅舅打开了离他最近的一扇门，在闪烁的灯光下，能看到一个员工坐在那

---

[1] 参见《失踪者》第2页。

里，对开门噪声漠不关心，他的头上紧紧绑着一条钢带，把听筒紧紧压在了耳朵上。他的右臂搁在一张小桌子上，好像特别沉重，他的手指拿着铅笔，以一种非人类的速度迅猛、匀速地抖动着。[1]

这是资本和权力的合谋与统一，资本和权力又通过科技带来利益。暴力之剑通过科技和利益在空中飞舞，并得以实施。个人在这里变得无足轻重、微乎其微，或者只是机器中的一个小小零件。卡尔在这样的环境里迷失了自己，然后他从这里再次被驱逐出去："你今晚离开的决定违背了我的意愿，那么就请你一生都要坚持这一决定；只有这样，才是一个男子汉的做法。"[2]卡尔开始了他在美国的漂泊之旅。"他任意选择了一个方向，开始了他的旅程。"[3]

早在1912年，卡夫卡就能够在小说中如此绘声绘色地描述人与机器的交锋，也就难怪人们称卡夫卡为预言家了。人类发明的机器、科技迅速转变为施行暴力的工具。现代化的成果既可以造福于民，又可以转化为戕害人的强权暴力。卡夫卡是最早预感到这一点的欧洲作家。他最早将大公司描绘成蚁群般运转的系统，也最早描写了泰勒科学管理系统的疯狂和个人人格的彻底贬值。亨利·福特于1913年发明了世界上第一条工业生产流水线——福特公司的汽车生产线，而卡夫卡描绘的工业流水线作业比福特的发明还要早，他的机

---

1 参见《失踪者》第39—40页。
2 参见《失踪者》第80页。
3 参见《失踪者》第83页。

1913年，密歇根州高地公园工厂的生产线

器人的设想比今天的工业机器人早了差不多半个世纪。当工人们行色匆匆、疲于奔命地忙碌时，机器在轰鸣，在疯狂运转，令人眼花缭乱。工人稍有不慎，或在机器流水线面前停留片刻，就可能被碾得粉身碎骨。机械手臂和手指渐渐演化为外界胁迫暴力的象征。为了应对崭新的环境，人们的手脚肢体会随之不停地机械运动，这种机械动作显得滑稽而又怪诞。卡夫卡热衷于描绘这一景象，这既给他带来快乐，同时也带来悲哀。这种情景卓别林在《摩登时代》中有过精彩的表演，但是该片1936年才上映，而卡夫卡的小说早了二十余年。卡夫卡的这些想象一开始是从早期电影和意第绪语演员伊扎克·勒维的滑稽剧表演里得到的灵感和快感，他的描述甚至超越了卓别林的电影叙事。在卡夫卡这里，人类的言谈

卓别林在《摩登时代》中的剧照

举止不再是鲜活生动的,而是完全变成了失去表意功能的机械动作,不再具有表达自我的功能。

随着工业流水线操作程序的巨大威力和效果逐步显现,这种机器化、程序化的观念和思想渐渐渗透到人们日常生活的各个方面,并开始垄断和控制着一个个具体而鲜活的人。卡夫卡已经敏锐地觉察到,今后的社会在很大程度上将不再依靠暴力进行压制,而是通过人们接受各种社会机构的规则或潜规则来完成对自己的统治。个人不过是社会这架庞大的机器的齿轮或螺丝钉,任何个人稍稍自由的个人动作和其他自由的行为都将使他脱离机器或被这架机器碾得粉碎。

卡尔最后选择去俄克拉荷马州剧院应聘,寻找新机遇的时候,正是他一无所有的时候,他彻底自由了,而那时他感受最深的就是孤独和凄凉。追逐自由却最终走到了自由的反面：不自由；人在自由中最后变得一贫如洗，无所归属。

　　他是地球上一个自由的、有保障的公民，因为他被拴在一根链条上，这根链条的长度够他出入地球的一切空间，但其长度毕竟是有限的，不容他越出地球边界半步。
　　　　——卡夫卡箴言《对罪愆、苦难、希望和真正的道路的观察》[1]

归根到底，人的自由总是有限的，而孤独却是无限的。

二、《审判》：走不进去的法之门

《审判》写于1914年至1918年，这部作品的创作过程断断续续，和卡夫卡其他长篇小说一样，最后并没有完成。在卡夫卡写给朋友布罗德的遗嘱中，此书也在被焚毁之列。众所周知，布罗德没有执行卡夫卡的遗嘱，在卡夫卡去世之后，布罗德首先于1925年整理出版了这部杰作。该书的德文原书名为Der Prozess，既有英译者转译的"审判"的意思，也有"诉讼""过程""进程"的意思。"审判"强调的是打官司的结果，"诉讼"强调的是打官司的过程。比较而言，或

---

[1] 叶廷芳主编：《卡夫卡全集》，中央编译出版社，2015，第4卷第8页。

许译为《诉讼》更为恰切。

小说的情节并不复杂：主人公约瑟夫·K.在他三十岁生日的那天，突然在自己的寓所里被捕了。"一定是有人诬告了约瑟夫·K.。因为他并没做什么坏事，就在一天早上被捕了。"[1]小说开头一句便给读者留下许多疑问：

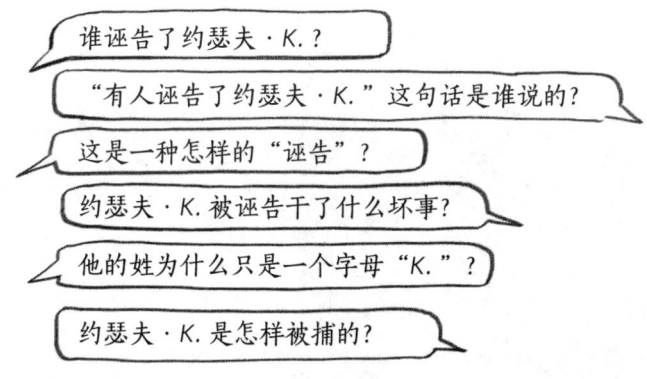

这些疑问和不确定性贯穿整部小说，等待着读者寻找线索和答案。随后，K.自知无罪，他想方设法为自己洗清罪名。但最后，他终于认识到反抗是毫无意义的，默认了法庭的判决。于是，一天夜里，K.在一个废弃的采石场里被执行了死刑。显然，卡夫卡的这部小说与"法"相关，可以说，《审判》中的一切都笼罩在"法"之中，而小说中那个监狱神父所讲的关于"法之门"的故事正是整部小说的核心。

卡夫卡的作品大多与"法"有关，"在他的作品中处

---

1 参见《审判》第1页。

015

处有法官的座席，处处宣告被执行判决"[1]。因此，探测小说中"法"的内涵及其界限，不仅对理解《审判》是至关重要的，对理解卡夫卡的其他作品也都是有意义的。小说中的"法"不是一个内涵单一、确定的概念，"法"的内外界限也常常是不确定的、变化的，可以说，小说中的世界就是法之门内外的世界，也是卡夫卡自己的世界。

卡夫卡在大学里学的是法律，并获得了法学博士学位，随后又在法院里实习过一年。他在1908年进入保险公司后，也一直从事着与法律相关的工作。在最初为公司撰写的1907年和1908年的报告中，他熟练地运用了许多法律条款，这些条款内容涵盖整个工业结构，还包括许多操作机动车的新问题。卡夫卡写过一篇小说，题目就叫《关于法律问题》。因此，《审判》"忠实地再现了奥匈帝国刑事程序的很多细节"[2]，当然也不是什么奇怪的事情。美国当代法学家博西格诺甚至将自己长达八十万字的法律教科书取名为《法律之门》，并将卡夫卡的小说《法的门前》直接置于卷首。

翻开《审判》，我们发现其中法庭、法官、检察长、警察、被告、律师，乃至看守、刽子手等都一应俱全，然而却缺少明确的原告。"一定是有人诬告了约瑟夫·K."，这个"有人"是谁呢？并且这个"一定"在语气上也只是一种猜测，直到小说结束时我们仍然不知道是谁控告了约瑟夫·K.。如果没有其他人控告约瑟夫·K.，那么原告也可能是约瑟夫·K.他

---

[1] 布罗德：《卡夫卡传》，叶廷芳等译，河北教育出版社，1997，第131页。
[2] 理查德·A.波斯纳：《法律与文学》，李国庆译，中国政法大学出版社，2002，第172页。

《法的门前》首版封面

自己。"K.必须回顾整个人生,在记忆中搜寻那些最细枝末节的行为和事件,通过书写把它们展现出来,并从各个方面再审查一番。"[1]约瑟夫·K.自我控告了约瑟夫·K.,正如卡夫卡自我控告了卡夫卡。卡夫卡说,《审判》中的一切"皆出于我表达个人内心生活的欲望"[2]。因此,我们或许可以通过卡夫卡的自我控告,来对约瑟夫·K.的自我控告进行解读。

《审判》更多的还是被看作一部"同情弱者,暴露社会

---

[1] 参见《审判》第112页。
[2] 叶廷芳编:《论卡夫卡》,中国社会科学出版社,1988,第151页。

黑暗"的作品。卡夫卡是一个"预言的天才","在卡夫卡笔下,这个既具体(被告分明看到了那个设在'阁楼'上的法庭)又遥远(无人主持审判)、既腐朽又恐怖的法院乃是现代资本主义法律机器的象征"[1],同时,《审判》还很自然地使人们联想起法西斯的种种具体罪行。然而,对《审判》的这种解读也常常受到人们的质疑,"被认为不符合文本的原意,至少限制了文本的意义"[2]。作为一个熟悉法律,并以法律为职业的作者,卡夫卡在他的作品中描写司法黑幕、揭露法律问题,应当是十分自然的事情,尽管我们不能,也不应该将作品的全部意义都局限在这一领域。

> 我们的法律不是大家都知道的,它们是一小撮统治我们的贵族的秘密。我们深信,这些古老的法律被严格地遵守着,但是,依照人们不知道的法律而让人统治着,这毕竟是一件令人痛苦的事。
> ——卡夫卡《关于法律的问题》[3]

在小说《审判》中,"法"是神秘的,没有人了解"法"的真相。主人公K.不知道自己何以被捕,就连前来逮捕他的监察官也不知道K.被捕的原因。更奇怪的是,审理这个案子的预审法官也不知道K.究竟是谁,他曾用"一种确凿的口吻

---

[1] 叶廷芳编:《现代艺术的探险者》,花城出版社,1986,第48页。
[2] 谢莹莹:《权力的内化与人的社会化问题——读卡夫卡的〈审判〉》,《外国文学评论》2003年第3期,第17页。
[3] 叶廷芳主编:《卡夫卡全集》,中央编译出版社,2015,第1卷第360页。

对K.说,'您是刷墙的?''不是,'K.说,'我是一家大银行的总监。'"[1]。审讯过程也是不公开的,"诉讼程序不仅对公众保密,甚至对被告也要保密"[2],连法官本人也不知道。在法庭的后面则有一个庞大的机构在操纵,这个庞大机构存在的意义在于"它包括逮捕无辜的人,对他们进行毫无意义、通常是没有结果的审判"[3]。K.在临死前发问:"那个他从未见过的法官在哪儿呢?他从没去过的高等法院又在哪儿呢?"[4]总之,只要一名刽子手就能取代整个法院。

卡夫卡曾工作过的建于1913年的工伤事故保险公司大楼
(现为弗兰兹·卡夫卡医院)

---

[1] 参见《审判》第38页。
[2] 参见《审判》第101页。
[3] 参见《审判》第44页。
[4] 参见《审判》第208页。

卡夫卡曾供职的布拉格波西米亚王国工伤事故保险公司当时是奥匈帝国正处于迅猛发展的资本主义的一部分，它就像一张错综复杂的巨网，覆盖着整个哈布斯堡王朝，尽管它经历了动荡、膨胀、萧条，但一直保持着一种不完全的分离状态而没有垮塌。奥匈帝国这个特别的、小小的帝国，始建于1867年，由于日益增长和强大的工人运动的力量，议会通过了一项全面的社会法案；卡夫卡所在的保险公司正是由于这一法案的公布得以成立，并迅速地发展起来。

不久，卡夫卡就注意到：公司的全体人员的工作效率极低，尽管缺乏强有力的法律准则也是其中的原因之一，但更重要的是公司最初的管理人员完全没有实际经验，或者说连普通的商业意识都没有。客户选择事故保险和健康保险的金额不是依据承担风险的程度，而是仅仅基于投保企业的雇员的人数。既然由雇主单方面负责提供雇员的数目，他们便尽可能地少呈报一些雇员。雇主不愿投入太多的保险金；公司为整个地区也只安排了七名询查员，结果便是引起了一系列的欺骗与夸大其词的行为。其不可避免的结果就是亏损，从1893年开始，卡夫卡所在公司的亏损每年都在以令人震惊的比率增加。保险公司与整个奥匈帝国一样，都处在这种危机四伏、风雨飘摇之中；整个司法机构牵一发而动全身，任何局部的改动和变化都是不可能的。从卡夫卡的小说中我们能感受到这一点：

> 这个伟大的司法有机体可以说是永远处于摇摆之中，一个人虽然能在自己的位置上改变些什么，

但他的立足之地可能会就此被夺走，从而使得自己被毁掉，而这个伟大的有机体会轻易地在另一个地方为这次干扰寻求到补偿，让自己不受到影响——一切都是互相关联的，如果会发生什么新情况，那它甚至可能变得更加封闭、更加缜密、更加严苛也更加邪恶。[1]

当时奥匈帝国的保险法朝令夕改，充满了任意性和歧义性。"在内务部的诸法令、诸政令、诸决定、行政法庭的诸判决中，全都确定下来的法律解释，被按严格的逻辑制定的1906年的行政法庭的判决彻底否定后，在行政法庭的新的判决中又重新启用。"[2]这种法律的任意性和歧义性也是卡夫卡描写的重点。譬如，主人公的被捕完全是莫名其妙的，他是在某天清晨躺在床上时被捕的，从预审法官的话来看，很有可能是他们抓错了人。"在某些情况下，最终的判决会在不经意间到来，来自任何一个人，发生在任何时间。"[3]"无论他们（法官）如何坚定地表述自己的新意图，说这对被告有利，他们也可能会直接回到办公室，准备第二天发布的法庭命令，而其中的内容正好相反，虽然他们声称已经完全放弃了最初的意图，但新意图甚至比最初的还严厉。"[4]并且，"每一次审判，（法官们）总是各种意见纷纭，以至于让人捉摸

---

[1] 参见《审判》第105—106页。
[2] 平野嘉彦：《卡夫卡：身体的位相》，刘文柱译，河北教育出版社，2002，第116页。
[3] 参见《审判》第177页。
[4] 参见《审判》第103页。

不透"[1]。

卡夫卡看到了资本主义社会法律的荒谬和残酷：

> 法庭总是被罪责吸引。[2]
>
> （法庭）不仅会定一个无辜人的罪，还会在不知情的情况下给人定罪。[3]
>
> 法院系统的内在是否和它的外在形象一样令人厌恶。[4]
>
> 谎言被说成是世界的秩序。[5]
>
> 法庭是法律正义的唯一机构；可是又无法通过法庭来保证法律正义。作为正义的唯一机构，法庭理应受到请愿人的尊重；作为事实上不正义的机构，法庭又该受到他的蔑视；所以，由于正义的唯一机构不能提供正义，请愿人会感到愤怒。[6]

当卡夫卡看到那些由于安全设施不足而伤残的工人时，他和那些请愿人一样充满了激愤。据布罗德记载，卡夫卡在保险公司里目睹了那些伤残工人受到各级官员的推诿、搪塞、斥责甚至谩骂，卡夫卡曾惊讶地说："这些人多么老实啊，他们没有冲进保险公司，把一切砸得稀巴烂，却跑来请

---

1 参见《审判》第178页。
2 参见《审判》第34页。
3 参见《审判》第48页。
4 参见《审判》第63页。
5 参见《审判》第201页。
6 叶廷芳编：《论卡夫卡》，中国社会科学出版社，1988，第321页。

愿。"[1]卡夫卡感到工人已经成了强大的官僚机构的牺牲品，从而对那些社会的弱小者充满同情。他会在法庭上不惜悄悄地损害自己公司的利益，有时甚至还给原告支付诉讼费。在《审判》中，那些被告也总是像卡夫卡的当事人一样，一副诚惶诚恐的样子，"他们从未完全直立，弯着背，跪着膝，像街头乞丐一样站在那儿"。因此，约瑟夫·K.也像卡夫卡一样悲叹道："他们得多丢脸呀。"[2]

美国当代法学家波斯纳说："请想象一下，一天早晨醒来，你因为莫须有的罪名被捕，并且发现自己无法找到被指控的罪名——而你不可能做过任何可能被认为违反了任何法律的事情。作为不公平生活的有力象征，严格的责任感——为无过错的，甚至是完全无法避免的行为造成的后果承担法律责任——已经够糟糕的了。而约瑟夫·K.不是因为他所做的任何事情而受到惩罚，不论这些事情是否含有过错；他没有做过任何事情。在他的世界中，不但意图或罪过同惩罚割裂，而且行为同惩罚也完全割裂了。"[3]不论你做了什么，即便你什么也没做，你也无法逃避"法"的魔圈。总之，"法"无所不在，无所不能，"几乎每个阁楼上都有法院办事处"[4]，"毕竟这里的一切都是属于法院的"[5]。

卡夫卡虽然是犹太人，但他不信犹太教；他与基督徒很

---

[1] 布罗德：《卡夫卡传》，叶廷芳等译，河北教育出版社，1997，第77—78页。
[2] 参见《审判》第60页。
[3] 理查德·A.波斯纳：《法律与文学》，李国庆译，中国政法大学出版社，2002，第178—179页。
[4] 参见《审判》第146页。
[5] 参见《审判》第133页。

亲近，但他不是基督徒。不过，卡夫卡绝不是无神论者，他有着非同寻常的宗教意识和宗教情怀。"宗教就是卡夫卡的全部世界，或者说卡夫卡是以宗教的眼光看待世界上的一切事物的。"[1]受宗教影响，卡夫卡的原罪意识由来已久，并且非常强烈。卡夫卡说："有时候我觉得，没有人比我更懂得原罪。"[2]卡夫卡的朋友布罗德一再地强调这一点，并非没有道理的。布罗德说："应该将卡夫卡归入'危机神学'的行列，这个神学的倾向性是：在上帝和人之间，在人与通过人的力量产生的善举之间，横亘着一条永远不可能弥合的鸿沟。"[3]而卡夫卡所从事的保险业也有点宗教的味道，"保险事务类同于原始部落的宗教，这些部落以为通过形形色色的法术便可以挡开灾祸"[4]。在卡夫卡那里，"法"指的是什么？罗纳德·海曼说："对犹太人来说，摩西五经象征着、代表着宇宙的、普遍有效的法律。犹太教的神秘教义中谈到过，早在创造世界以前，法就存在了。"[5]

《审判》就是一部关于"审判"的小说。小说既被人看作对无罪的审判，也被人们看作对有罪的审判，同时还被人们解释为对"审判"的审判。主人公约瑟夫·K.莫名其妙地在自己的寓所里被捕了，最后被执行死刑，这是对无罪的审判；K.在上诉的过程中渐渐认识到，自己作为这个罪恶世界的其中一分子，虽然为罪恶势力所害，但自己也在有意无意

---

[1] 叶廷芳编：《论卡夫卡》，中国社会科学出版社，1988，第57页。
[2] 叶廷芳编：《论卡夫卡》，中国社会科学出版社，1988，第170页。
[3] 布罗德：《卡夫卡传》，叶廷芳等译，河北教育出版社，1997，第172页。
[4] Angel Flores, ed., *The Kafka Problem*, New York: New direction, 1946, p.248.
[5] 罗纳德·海曼：《卡夫卡传》，赵乾龙等译，作家出版社，1988，第270页。

地危害他人，这便是对有罪的审判；在所有这些审判的背后还有一个最后的总审判，这就是对"审判"的审判。从"对无罪的审判"来看，小说主要具有对社会的批判意义；从"对有罪的审判"来看，小说的主要意义就在于它自觉的伦理道德意识；从"对'审判'的审判"来看，小说的意义便主要在宗教方面。无论何种审判，其基础都是法，而法之门却拒绝K.的进入，尽管这道门是专门为他开的。

三、《城堡》：K. 即存在的勘探者

《城堡》无疑是卡夫卡最重要、最有代表性的作品，也是卡夫卡最有厚度和力度的作品。《城堡》写于1922年1月至9月。叶廷芳先生说："《城堡》是卡夫卡创作风格成熟和定型的标志，在哪个意义上讲都堪称作者的'压轴之作'。"[1]和卡夫卡其他两部长篇小说一样，《城堡》也没有写完，并且在卡夫卡写给布罗德的遗嘱中，该小说也在应被焚毁之列。然而，布罗德慧眼识珠，将卡夫卡杂乱无序的手稿整理出来，并在1926年将其出版。此时卡夫卡已经去世两年了。

作为一部长篇小说，《城堡》故事情节其实非常简单。K.深夜来到城堡附近的村庄，他自称是城堡聘请来的土地测量员。城堡近在咫尺，但他却无法进入，他越努力，离城堡反而越远。他只能在城堡附近的村子里转悠，想尽一切办法

---

[1] 叶廷芳主编：《卡夫卡全集·编者前言》，中央编译出版社，2015，第3卷第1页。

试图进入城堡，但城堡始终在那个他可望而不可即的地方。小说没有写完，据布罗德说，卡夫卡曾经在他面前提及小说的结尾："他（K.）不放松斗争，却终因心力衰竭而死。在他弥留之际，村民们聚集在他周围，这时他总算接到了被允许进入城堡的决定。这个决定虽然没有给予K.在村中居住的合法权利，但是考虑到某些其他情况，准许他在村里生活和工作。"[1]

《城堡》中的城堡：

> 它既不是一座古老的骑士城堡，也不是一座新的华丽宏伟的建筑，而是一片连绵的建筑群，是由几座两层的楼房以及许多鳞次栉比的低矮建筑组成的；如果不知道它是一座城堡，人们可能会把它误认为一个小城镇。[2]

卡夫卡笔下的城堡既不古老，也非新式；既不高大，也不豪华。它由许多低矮建筑组成，倒像是一个小城镇。卡夫卡笔下的城堡究竟是怎样一座城堡其实并不重要，重要的是它是一个象征符号，或者说是一个能指符号，读者可以根据自己的经验和需求填入任何内容，或与之相对应的所指意义。

美国普林斯顿大学哲学系教授考夫曼说："卡夫卡介于尼采和存在主义各家之间：他写出了海德格尔在《存在与时

---

[1] 叶廷芳主编：《卡夫卡全集》，中央编译出版社，2015，第3卷第335页。
[2] 参见《城堡》第8—9页。

间》中所说的人被'抛入'世界的状态,也描绘出了萨特的无神世界,以及加缪的荒诞世界。"以《城堡》为例,考夫曼接着说:"在小说的开头,我们知道这个城堡是Westwest伯爵的城堡,但往后这个伯爵在故事中就不再出现了。我以为在《城堡》一书中,上帝是死亡了,而我们却面对着普遍性意义的缺乏。"[1]"《城堡》这部作品旨在描写一个人,即土地测量员K.,想在一处以前'从未有人居住过'(恩斯特·布洛赫语)的地方获得居住权,也就是说,他想居住在一个上帝与人,以及人与人相互和解的世界里。"[2]卡夫卡所描写的就是上帝死亡之后个人的存在,普遍意义失落后对意义的追寻或探测。

我们还不完全明白,我们为什么感觉到他的作品是对我们个人的关怀。福克纳,以及所有其他的作家,给我们讲的都是遥远的故事;卡夫卡给我们讲的却是我们自己的事。他给我们揭示了我们自己的问题,面对着一个没有上帝的世界,我们的得救已危在旦夕。[3]

——波伏娃

---

[1] W.考夫曼:《存在主义》,陈鼓应等译,商务印书馆,1987,第122—123页。
[2] 汉斯·昆、瓦尔特·延斯:《诗与宗教》,李永平译,生活·读书·新知三联书店,2005,第311页。
[3] Ernst Pawel, *The Nightmare of Reason—A Life of Franz Kafka*, New York: Farrar, Straus and Giroux, 1984, p.422.

> （在《城堡》中）卡夫卡成功地揭示了世界的苦难的本质，表现了挣扎在生活的旋涡中的人类，对希望和自由的无限渴望和追求，以及这一追求的最后的幻灭。[1]
> ——萨特

总之，K.不仅测量土地，更测量人性，还测量人与神、人与人之间的关系，简言之，就是测量"存在"。

卡夫卡，这位"存在的勘探者"，"他（卡夫卡）常常自认为是一个不健全的人，这种不健全导致了他对极端的寻求：高度和深度，围墙和地洞，阁楼与昆虫。在这方面，他是一位不知疲倦的测量员，实际上也是《城堡》中的K.所扮演的最后一个角色"[2]。

卡夫卡就像一个探测人类灵魂的测量员，他进入了这座灵魂的迷宫，却无法进行明晰精确的测量。城堡是一个封闭的迷宫，正如灵魂的容器总是有限的，但进入城堡的路却是无限的，因此我们永远无法到达灵魂的最深处。

作为土地测量员，K.的遭遇和命运也可以看作对犹太民族漫长的受难史的高度概括和描述，是"犹太人寻找家园的譬喻"。作为土地测量员（Das land vermessn），他与

---

[1] 高宣扬：《萨特传》，作家出版社，1988，第85—86页。
[2] 弗雷德里克·R.卡尔：《现代与现代主义——艺术家的主权1885—1925》，陈永国、傅景川译，中国人民大学出版社，2004，第335页。

在词源上不同的"叹息没有土地、渴望土地"（Das land vermissn）是互为一体的[1]。"土地测量员"这个词在希伯来语中是"mashoah"。在德语中，土地测量员还有一个次要的意义，指测量失误的人或由于冒失或放肆而犯罪的人。在希伯来语中，这个词和另一个词"弥赛亚"（mashiah）词形相似。布罗德说："K.以可怜而又可笑的方式遭遇失败，尽管他曾以那么严肃而又认真的态度来对待一切。他始终是寂寞的。在这部长篇小说呈现的所有不愉快的场面之上，在所有无故得来的不幸上，隐隐约约地晃着这个口号：这样不行。要想扎下根来，必须寻找一条不同的途径。"[2]关于这位土地测量员，布朗肖写道："他始终处于运动中，永不停止，几乎毫不气馁，在——致使无止时间的冷却焦虑地——不懈运动中从失败走向失败……因为土地测量员不断地犯下卡夫卡视为最严重的错误，即急躁。"[3]K."从失败走向失败"，失败的原因在于急躁，而急躁则是人类的原罪。卡夫卡曾经在他的箴言中写道："人类的主罪有二，其他罪恶均由此而来：急躁和懒散。由于急躁，他们被驱逐出天堂；由于懒散，他们无法回去。"[4]K.最后疲惫不堪，但离目的地却似乎越来越远。K.刚抵达村子，便立即出发以求瞬间达到目标。然而，K.在追求目的的过程中，却发现自己永远在途中，最后中途代替了目的。

---

1 平野嘉彦：《卡夫卡：身体的位相》，刘文柱译，河北教育出版社，2002，第185页。
2 布罗德：《卡夫卡传》，叶廷芳等译，河北教育出版社，1997，第192—193页。
3 莫里斯·布朗肖：《从卡夫卡到卡夫卡》，潘怡帆译，南京大学出版社，2014，第178页。
4 叶廷芳主编：《卡夫卡全集》，中央编译出版社，2015，第4卷第3页。

犹太人是一个失去了自己的国土的民族，他们散居在世界各地，始终是一个外来人，一个陌生人，他们也因此而受尽了排斥和歧视。对于K.而言，他就是这样一个永远的陌生人：他找不到适合自己的工作，寻觅不到爱他的妻子，没有家，没有儿女，没有归属，永远是一个孤独的、不被人理解的"漂泊者"。"打从一开始，这位执拗的主人公就在我们面前被描写成永远放弃其世界，包括其故土以及妻子和孩子的生活的人。因而打从一开始，他便无法得救，他属于流亡，这意味着他不仅不在自家处，还在自身之外，在域外本身，一个——所有存在皆似缺席，一切以为可能把握之物都逃开——内在被彻底褫夺之域。"[1]卡夫卡就是第一次世界大战前后那一代人的"具有典型犹太特征的"代表。"犹太人作为社会中的陌生人，不受欢迎的人，被以怀疑眼光看待的人，多愁善感的人，想要适应社会，却又总是遭到敌视……"[2]卡夫卡对犹太人的遭遇和处境感同身受。在卡夫卡的作品中，流亡的孤独与肥沃的土地紧邻而居。1922年1月28日，卡夫卡在日记中写道："因为我现在已经是这另一个世界里的居民，这另一个世界与平常世界的关系就如荒漠与耕地的关系（我现在从迦南浪游出来已是四十岁了，看来是作为外国人归来，我自然在那另一个世界里……），迦南必然是唯一的希望之乡，因为第三故乡对于人类是不存在的。"[3]卡

---

[1] 莫里斯·布朗肖：《从卡夫卡到卡夫卡》，潘怡帆译，南京大学出版社，2014，第176页。
[2] 汉斯·昆、瓦尔特·延斯：《诗与宗教》，李永平译，生活·读书·新知三联书店，2005，第288页。
[3] 叶廷芳主编：《卡夫卡全集》，中央编译出版社，2015，第5卷第377页。

夫卡自认为，"他就是从这块土地上被放逐出来的。尽管如此，这却是一个不想放弃父辈土地的、在荒漠中流亡之人；他是一个孤独的作家，但又是一个犹太人"[1]。

土地测量员所面临的两种处境总使他左右为难："要么他被村里的居民同化，在那里劳动、结婚，陷于异化的昏沉之中；要么他继续徒然地要求回答他先前向城堡提出的问题：什么是他真正的地位？他应该遵从什么秩序？什么是他生活最终的理由？"[2]在卡夫卡小说结尾的延续部分，那个车夫格尔施塔克这样评价K.："你，一个土地测量员，一个有学问的人，还是穿着又脏又破的衣裳，没有皮外衣，又黄又瘦，看着都叫人伤心。"那么，这一切是什么原因造成的呢？对此，客栈老板娘一针见血地对K.说："您既不来自城堡，也不来自村里，您什么都不是。但您也确实有点东西，您是一个异乡人，一个多余又到处碍手碍脚的人，一个总是惹麻烦的人……"[3]正是这个外乡人执着地想成为一名土地测量员，但他却没有土地可以测量。

没有土地可以测量的土地测量员成了存在的勘探者。在卡夫卡笔下，"人在一个陌生的世界漂浮着，在那里，人的存在是无力的、矛盾的，取决于无限的其他作用力……他肯

---

[1] 汉斯·昆·瓦尔特·延斯：《诗与宗教》，李永平译，生活·读书·新知三联书店，2005，第315页。
[2] 罗杰·加洛蒂：《论无边的现实主义》，吴岳添译，百花文艺出版社，1998，第136—137页。
[3] 参见《城堡》第57页。

定是独自一人；因为只有孤独才是他的救赎"[1]。K.似乎是一个犹太人的代表，但又不仅仅是一个犹太人，他是人类的代表和缩影。他对人类的勘探，就是对自身的勘探。卡夫卡不是存在主义作家，但他的确是存在主义作家的思想和创作的源头。

《城堡》描写的就是"一个在陌生国度的人徒劳地寻求工作和家庭安定幸福的故事"[2]。而在这一寻求过程中，寻求本身成了目的，以往的目的则变成了手段。也即是说，进入城堡已经不再是目的，"进入城堡的努力和过程"变成了目的。所以，每当K.有机会留在村庄或接近城堡时，他却反其道而行之，从而使他离城堡越来越远。K.一辈子孜孜以求的就是进入城堡，在城堡或者在附属于城堡的村子里定居下来，但这一目标可望而不可即。

总之，卡夫卡《城堡》的寓意就如一座迷宫，或者说一座迷宫式城堡。探寻《城堡》的最终意义就像K.试图进入城堡一样，最后必然以失败而告终。《城堡》本身又构成一座意义丰富多变并充满悖论的"城堡"。美国学者考夫曼说："当我们一读再读《城堡》一书的开头，并把它和印在书尾的变化多端的开头相比较，事情就变得十分地清楚，那就是卡夫卡用尽他的方法去排斥单一注释的任何可能性。暧昧就是他的艺术本质。"[3]《城堡》既在排斥注释，又在呼唤注释。说到底，卡夫卡的《城堡》既欢迎你进来，也并不介意你一

---

[1] 大卫·丹穆若什：《什么是世界文学？》，查明建、宋明炜等译，北京大学出版社，2014，第213页。
[2] 莫里斯·布朗肖：《从卡夫卡到卡夫卡》，潘怡帆译，南京大学出版社，2014，第203页。
[3] W.考夫曼：《存在主义》，陈鼓应等译，商务印书馆，1987，第122页。

直在城堡外面徘徊。

以上以孤独为主线探讨和分析了卡夫卡三部长篇小说的主题和意蕴。卡夫卡是孤独的,他的作品也表现了这种孤独,然而读者在阅读卡夫卡时便理解了这份孤独,于是,孤独变得不再"孤独"。孤独的卡夫卡有了许多读者,卡夫卡也就不再孤独,而阅读卡夫卡在全世界都能找到朋友,我们或许就超越了孤独。这正如卡夫卡所说:"一本书必须是一把能劈开我们心中冰封的大海的斧子。"[1]然而,超越了孤独的你,是否还能理解卡夫卡,也就成了问题。当然,没有了孤独,阅读卡夫卡也就没有了意义,除非我们阅读卡夫卡最终是为了远离卡夫卡。

---

[1] 叶廷芳主编:《卡夫卡全集》,中央编译出版社,2015,第6卷第22页。

"孤独三部曲"的成书背景、版本说明及书中人物原型

作者:魏静颖

(本书译者,德国慕尼黑大学现代德语文学博士研究生在读,现任职于慕尼黑翻译学院。)

《失踪者》

卡夫卡的作品中常常暗藏着一种无常的旋涡,将我们引进一个充满混乱、神秘主义,并且永远无解的世界。《失踪者》无疑是卡夫卡探寻这些深奥主题的重要作品,它像一面镜子,映照出第一次世界大战前的欧洲与美洲的社会形态,从而展示了个体在宏大叙事中的困境。

《失踪者》首版封面

卡夫卡的这部作品是在第一次世界大战前的欧洲背景下创作的。这一时期,欧洲的社会秩序正处于动荡之中,人们对美国充满了理想化的向往和夸大的幻想。在《失踪者》中,卡夫卡刻画了一幅理想与现实冲突的画面,其中不乏混乱、暴力与神秘主义的元素。社会的普遍状况——人们心中的那种对未知的恐惧、身在异乡的被压迫感以及生活在失序社会的不安全感，在故事中被赋予了具体的意象。卡尔在陌生的美国试图找到自己在社会中的位置，然而真正出现在他面前的，却是一个地狱般的官僚机制和一种陌生的社会秩序。

卡夫卡笔下的美国，并非一个充满希望的乌托邦，而是一个反映了欧洲第一次世界大战前思想混乱、社会结构不断变化和个人生存焦虑的世界。反映在作品中，则是一幅充满混乱、暴力、神秘主义象征和隐喻的社会画卷，混乱象征着不稳定的社会和人心状态，暴力反映了人与人之间关系的紧张与误解，而神秘主义，则体现了那个时代人们内心深处不可言说的恐惧以及由此导向的对超自然力量的祈求。

一、版本说明

《失踪者》是一部未完成的作品，存在多个版本，加上卡夫卡生前想要将此书"付之一炬"的意愿，使得这部作品整体呈现出一种未完成的美。我们手中的版本，是根据卡夫卡朋友兼文学遗嘱执行人——马克斯·布罗德基于手稿编辑整理的底本译成。

1913年3月，卡夫卡通读了自己写过的有关这部作品的所有部分，最后认为只有第一章尚可一读，于是在1913年5月以《锅炉工》为标题将这一章作为单行本发售。这本只有47页的小书当时是作为库尔特·沃尔夫出版社的表现主义作家系列的第三册出版的。尽管这本小书当时获得了文艺批评界的好评，但卡夫卡还是未能下定决心发表这本书的其余部分。

此外，这本小说中断篇部分的篇章名也很值得注意。比如在某些版本中，"俄克拉荷马的自然剧场"一章采用了此篇章的第一句话"卡尔在一个街角看见……"（Karl sah an einer Straßenecke）作为篇章名。而本书选用了"俄克拉荷马的自然剧场"作为篇章名，因为它更符合整个篇章的隐喻。这个剧场的名字来自阿图尔·豪里切尔[1]对一张拍摄于美国的照片的描述，题为"俄克拉荷马的田园生活"，照片上狂怒的民众正设私刑，一棵树上吊着一个黑人，他的尸首周围围满了人[2]。

小说中的整个剧场就像一个虚拟的法庭舞台，在其招聘广告牌上也写着"谁憧憬未来，谁就属于我们！我们欢迎每个人！"[3]而俄克拉荷马州剧院中的整场招聘过程像极了一场征兵仪式，卡夫卡或许有意地在此将征兵情景融入小说情节中，而公布应聘者中的那对夫妻和他们的孩子的名字的显示器则更像战争中通报死者的名单。一群年轻力壮的小伙子乘坐的那列车仿佛是一列将他们送去战场的火车，或许他们的结局与许多其他的青年人一样，都在第一次世界大战中成了永远失踪的人。

---

[1] 阿图尔·豪里切尔（1869—1941），匈牙利旅行作家、散文家、小说家和剧作家。——编者注

[2] 也许是受到这样的判决场景的影响，卡夫卡才使得他笔下的卡尔来到俄克拉荷马州剧院时，将自己的名字填为"Negro"。——作者注（如无特别说明，本文注释均为导读作者注）

[3] 参见《失踪者》第260页。

二、家族亲戚介绍及其和书中人物的关联

卡夫卡的家族故事对其写作产生了重要的影响。其中包括他与父亲、舅舅以及其他亲戚之间的互动。家族中发生的真实事件和动态为他的作品提供了深切的心理和情感的基础。

在《失踪者》中，主角卡尔·罗斯曼是一个因受误解而被家族放逐的青年。卡尔的家族背景成谜，他的流放始于一场不幸的家庭间的隐秘纠葛。从一个德国家庭被迫迁移到美国，卡尔开始了对自我身份和归属的探索。书中描绘的其他角色，无论是遥远的舅舅、舅舅的朋友，还是在旅途中遇到、先后出现又相继消失在卡尔身边的人物，他们都是卡尔在逐渐被现实噬咬的过程中，不断外化的心灵投影。

罗斯曼的德语为Roßmann，直译为"骑在马上的人"，暗合主人公离开欧洲前往美国的经历。按照彼得-安德烈·阿尔特在《卡夫卡传》中的描述，卡尔·罗斯曼的原型很可能与卡夫卡父亲家族中多位亲人有关。卡夫卡大伯的儿子奥托·卡夫卡（Otto Kafka）在卡夫卡开始写作《失踪者》时，已经定居美国了，他便是小说中雅各布舅舅的原型。奥托随后把一个比他小十四岁的弟弟弗兰兹（Franz）接到了美国。弗兰兹去美国时也是十六岁，和书中卡尔·罗斯曼到美国的年纪相同，可以视为卡尔·罗斯曼的一个原型。另一位原型则是奥托的胞弟罗伯特·卡夫卡（Robert Kafka）。1895年，十四岁的罗伯特被家里的厨娘引诱，并使她怀了孕，这件事在卡夫卡家族里迅速传播。彼得-安德烈·阿尔特指出，卡尔·罗斯曼（Karl Roßmann）与罗伯特·卡夫卡（Robert Kafka）名字中的大写

字母R和K的互换并非巧合。

在《失踪者》中，雅各布舅舅扮演了非常关键的角色，并与卡尔的成长和命运交织在一起。在小说中，舅舅为卡尔提供了初始的庇护，并且在卡尔开始摸索新的国度并追寻归属感的过程中，成了重要的参照点。舅舅似乎象征着卡尔与旧世界的纽带以及对家族荣誉的维系，他是家族的权威代表，也是卡尔在新世界中寻找支撑和指导的唯一线索。然而，这种关系并不总是和谐的，它体现了家庭内部矛盾和争议的微妙层面。卡尔与舅舅之间的亲情纽带趋于脆弱，且充满了考验和挑战，这似乎呼应了卡夫卡在现实生活中与自己父亲之间复杂且紧张的关系。

三、第一次世界大战前的欧洲与被附魔的美国：混乱、暴力、神秘主义

在卡夫卡的笔下，《失踪者》不仅仅是一部纯粹的文学作品，它还凝视着历史的深处，通过对身份、归属等问题的提问，呈现我们在这个不断变化的世界中的位置。从家族内部的诡谲关系，到社会边缘人的挣扎，再到难以捉摸的国家机构，卡夫卡以其特有的敏锐，描绘了一张张扭曲却真实存在的图景。

主人公卡尔开篇即在船上迷失的插曲，以及后来在美国渐渐被放逐的命运和生存处境，可以被解读为卡夫卡特有的表达风格——一种"卡夫卡式"的状态，即在挤压和混乱

的社会秩序中的"迷失"。这也是卡夫卡小说中经常出现的主题。

在小说结构上,《失踪者》未完成的状态为其打上了特殊的烙印,它不是一个完整的叙事弧,在许多片段中,故事线似乎被刻意中断,从而给我们带来巨大的悬念。这种结构或许正体现了卡夫卡永远无法完成的对自我的追寻,卡尔的徒劳之旅在文本中永远找不到终点。

在内容上,通过对现实世界的细微曲折和超现实的描绘,《失踪者》中处处透露着梦境般的错乱逻辑。这种梦境效果不仅呈现在情节的发展和转变上,也显现于人物的内心世界和异化的社会背景之中。

在对时间和空间的处理上,小说中出现了数个场景的瞬间切换。卡尔在小说中遇到的环境变换突兀,使我们常常难以追踪角色是怎样从一个场景瞬间转移到另外一个完全不同的场景之中的。

同时,小说中还包含着诸多梦境般不受逻辑限制的、荒诞的、不可思议的元素。卡尔遇到的一些人物和参与的事件(如他在船上与船员发生的一系列互动),时常带有荒诞与超现实色彩,挑战着我们现实生活中的逻辑和常识,带来一种既非理性又难以捉摸的荒谬之感。

此外,卡尔的内心体验和外界现实之间的混融,也在一定程度上契合了梦境的逻辑:个体的内心感受和焦虑在梦中放大,从而对外界的认知产生扭曲。随着卡夫卡对卡尔的不安、孤独和对未来的恐惧的刻画,我们仿佛进入了卡尔的梦境,体验到了现实与幻觉的界限模糊。卡尔内心的情绪也常常通过具有梦境特质的情境被加以强化。一个典型的例子便是卡尔初次访问舅舅家，这个看似平常的家事活动却充满了不易察觉的紧张感，卡尔在其间感受到了极大的束缚感，我们也因这种情感的放大和夸张获得了一种超然的情绪体验。

《失踪者》中这些类似梦境的逻辑，让卡夫卡的作品具有了独特的诗意和深刻的象征意义。通过这些技巧，卡夫卡不仅呈现了主人公卡尔的心灵之旅，同时也成功地以梦境逻辑捕捉和表达了现代人内心世界的奥妙和复杂性。

《审判》

卡夫卡曾在小纸片上写下这样一句话："一个笼子在寻找一只鸟。"[1]

> 我是一只很不像样的鸟，一只寒鸦——一只卡夫卡鸟……我的翅膀已经萎缩，对我来说不存在高空和远方。我迷惘困惑地在人们中间跳来跳去。我缺乏对闪光的东西的意识和感受力，因此，我连闪光的黑羽毛都没有。我是灰色的，像灰烬。一只渴望在石头之间藏身的寒鸦。[2]

20世纪初的欧洲，伴随着工业革命带来的生产力的大幅度提升，旧的精神信仰随之瓦解，现代的理性人通过概念、计算、规律构建了新世界，以期在其中实现个体利益的最大化。但被架构出来的新世界也成为束缚自由的大网，让现代人丧失了精神自由。在大都市灯红酒绿的繁荣生活背后，是被束缚在机械化工作中的异化个体。

---

[1] 叶廷芳主编：《卡夫卡全集》，中央编译出版社，2015，第4卷第8页。
[2] 叶廷芳主编：《卡夫卡全集》，中央编译出版社，2015，第4卷第242页。

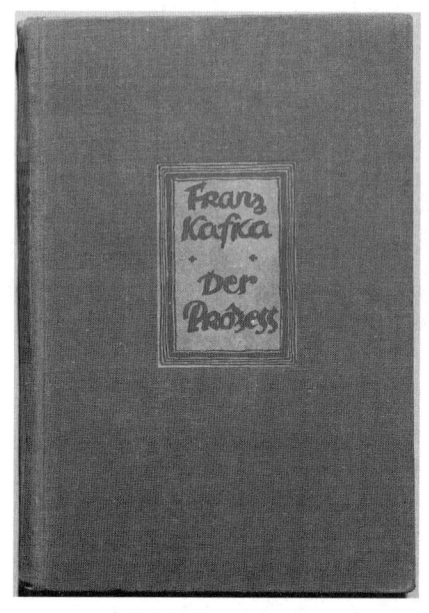

在作品中，面对过度理性化带来的偏离现实的荒诞，卡夫卡着力展现现代大都市中的个体在面对高强度而又枯燥的工作时的无力和挫败感。当所有被奉若圭臬的绝对的理性原则都变得模糊不清时，怪诞、荒谬和讽刺的书写成为卡夫卡对抗精神牢笼的工具。

《审判》首版封面

一、版本说明

《审判》的写作开始于1914年7月末或8月初，在最初的两三个月中，卡夫卡就已经完成了近200页的内容，可之后却突然停笔。1915年1月末，卡夫卡决定搁置这部小说，尽管最终的手稿有近280页，但卡夫卡生前仅发表过"在法律的大门前"这个故事（见"在大教堂里"一章）。

1925年，《审判》全书经由布罗德整理出版，这也是卡夫卡遗稿中第一部出版的作品。由于卡夫卡生前并未确定最终的篇章顺序，因此在现行的德文版本中，存在篇章顺序不一致的问题。卡夫卡留下的《审判》手稿分为两部分：一部分已拟好了标题，写在首页；另一部分是"断篇"，由未完成的章节和被他废弃的章节组成。

布罗德整理书稿时，按照卡夫卡生前给自己朗读的顺序，对有标题的章节进行了排序。在德文首版的《审判》中，并未收录断篇部分。1997年，罗兰·鲁斯和彼得·斯坦格尔整理出版了《审判》一书的历史校勘版。他们通过卡夫卡所有的影印手稿，整理出了对应的德文印刷版，同时还保留了卡夫卡草稿中修改、批注之处。本书添加的脚注，正是参考了历史校勘版中卡夫卡本人书写的痕迹。

历史校勘版包含"毕尔斯特娜小姐的朋友""去找艾尔莎""探望母亲""检察官""那所房子""与副经理的对抗""当他们离开剧院时"七个断篇。也有一些德文版本直接将"毕尔斯特娜小姐的朋友"一章置于"空荡荡的会议室—大学生—办事处"之后。

其中，最后一个断篇"当他们离开剧院时"由于过于碎片化，且一些德文语句尚不通顺，大部分德文版本并未收录此章。本书同样未在正文部分收录该部分内容，但因"当他们离开剧院时"与第六章"叔叔&莱尼"在情节上高度相关，在此将其翻译为中文如下，以供大家参阅。

当他们离开剧院时，下起了小雨。K.因为这一场糟糕的歌剧身心俱疲。但一想到今晚还得收容叔叔，他就越发沮丧。怎么刚好是今天呢？本来今天他已经有了安排，晚上他想找机会和F.B.（毕尔斯特娜小姐）谈谈，也许今天碰巧能遇到她呢；但叔叔的到来让这一可能化为乌有。其实倒是有一趟夜车，叔叔回去时坐正合适，但他今天为了K.审判的事忙了一天，劝说他晚上坐夜车回去似乎希望渺茫。尽管如此，K.还是不抱希望地尝试了一下。

"叔叔，我恐怕，"他说，"在不久的将来真的很需要你的帮助。虽然我还不知道具体需要哪方面的帮助，但无论如何请你帮我。""你随时可以找我，"叔叔说，"我一直都在想着怎么帮你。""你现在年纪也大了，"K.说，"要是下次再把你请来城里，我怕婶婶会生气。""这些小事跟你的事比起来不值一提。""这我可不能同意。"K.说，"但无论如何，我会尽可能不把你从婶婶身边抢走。在接下来的几天里，我也许还会需要你帮忙。所以你不想先回家一趟吗？""明天？""是的明天K.说或者现在就坐夜车，夜车也许是最舒服的。"[1]

二、《审判》的诞生

因具备漫长的法律学习和从业经历，卡夫卡平日里十分关注并热衷讨论法律相关问题。1914年2月，他就曾与著名

---

[1] 由于是未完成的章节，手稿中最后一句的标点符号使用混乱，译者保留了作者的标点使用方式。

的犹太神学家马丁·布伯讨论过《圣经·旧约》中《诗篇》的阐释和《圣经》中与"不信神的律法"相关的话题，这与《审判》的主题十分相关。正如卡夫卡在"在大教堂里"一章中通过神父所讲的"法之门"的寓言所给出的暗示——法律是无处不在的，《审判》中的法律同样不是明确无误的概念，而是一种晦暗不明、难以界定的浑浊物。

另外，卡夫卡的写作也与第一次世界大战前期的欧洲不明朗的社会状况息息相关。1914年6月28日，奥匈帝国皇太子斐迪南大公夫妇在塞尔维亚被刺，7月28日，奥匈帝国向塞尔维亚宣战，拉开了战争的序幕。身处奥匈帝国的首都布拉格，卡夫卡十分压抑，战争的巨大阴影笼罩在所有布拉格人民头顶。1914年8月2日，卡夫卡在日记中写下了那句经典的、毫无逻辑的卡夫卡式句子："德国已向俄国宣战——下午去游泳学校。"[1] 1914年8月6日，当战争状况更加焦灼时，卡夫卡又在日记中写道："为描绘我梦一般的内心生活的意识将所有别的东西逼到了次要的位置，而且它们以一种可怕的方法变得枯萎，而且不断地枯萎。"[2]这些外部世界的巨大不确定性和困顿，给卡夫卡的内心带来了巨大的动荡，从而使他产生了创作的渴望。

促使他动笔写《审判》的最直接的原因，是他和未婚妻菲莉斯·鲍尔的冲突，以及因此遭受的来自女方亲友团的"审判"。卡夫卡和菲莉斯在1912年8月相识于布拉格，卡

---

[1] 叶廷芳主编：《卡夫卡全集》，中央编译出版社，2015，第5卷第259页。
[2] 叶廷芳主编：《卡夫卡全集》，中央编译出版社，2015，第5卷第255页。

夫卡随后和她展开了密切的通信。但在1913年9月，卡夫卡短暂地移情别恋了一位年轻的瑞士女孩。菲莉斯委托朋友向卡夫卡打听情况，但这位朋友随即也与卡夫卡产生了情愫。1913年6月，卡夫卡向菲莉斯求婚。但从卡夫卡和友人的书信往来中，可以看出他似乎陷入了深深的恐婚情绪。1914年3月，三十一岁的卡夫卡再次写信向菲莉斯·鲍尔求婚，4月21日的《柏林日报》、4月24日的《布拉格日报》分别刊登了两人的订婚启事。但由于双方关系的迅速恶化，卡夫卡与菲莉斯又于7月12日在柏林的一家酒店里进行了会谈。对卡夫卡来说，这场会谈是突如其来的，他毫无思想准备。随后卡夫卡在日记中称其为"酒店中的审判"。当时在场的除了菲莉斯·鲍尔，还有她的朋友格雷特·布洛赫、姐姐埃尔纳·鲍尔。在这场针对卡夫卡的谈话中，出现了类似法庭的情况——菲莉斯不再是他的新娘，而是原告，卡夫卡是被告，菲莉斯的女友和姐姐则是陪审员。菲莉斯控告的证据就是她手提包中卡夫卡写给格雷特的信。（格雷特剪掉了这封信中过分亲密的段落，并转交给了菲莉斯。）在"审判"的整个过程中，菲莉斯的控诉言辞极其尖刻而精准，给卡夫卡带来了巨大的精神压力，"审判"的结果是两人终止了婚约。[1]这与《审判》中的情节也颇为相似。像卡夫卡一样，K.无故地陷入官司，在大庭广众之下被审判，承受了诸多晦暗不明的控诉，最后如《审判》的末尾所写，K.就这样荒唐地死去了。

在1914年战争开始的头几个月，随着和菲莉斯关系的破

---

[1] 在两人解除了婚约大约半年后，他们再度重逢，并于1917年7月再次订婚。但在五个月后再次解除了婚约。

卡夫卡与菲莉斯

裂，卡夫卡爆发了惊人的写作能量。他在8月15日曾记录："我今天可没有像我两年前那样，完全躲进避风港，慢慢地钻进工作里去。我时时有一个想法，我的有规律的、空空荡荡的、精神错乱的单身汉般的生活是有其道理的。"[1]卡夫卡的这种能量产生于对战争所带来的旧世界的沦陷的悲痛，同时也包含其个人日益增长的孤独之感。因于精神的牢笼无法解脱，使得卡夫卡只能寄情于写作。

卡夫卡生前未对《审判》定稿，根据布罗德的记述，卡夫卡的写作顺序也并非按照设计好的章节顺序线性推动，而是采取了拼接式的写法，最先完成的是开头和结尾的章节，然后才创作了中间的章节。这也符合卡夫卡一贯的书写习惯，他更擅长把握灵感，在短时间内不间断地密集书写，尽管这种方式更适合创作短篇或中篇小说。例如在创作脍炙人口的短篇《判决》时，他从1912年9月22日晚上10点开始故事创作，次日早上6点就完成了初稿。对卡夫卡来说，像歌德或托马斯·曼那样每天在固定时段规律地写作，几乎是不可想象的。正如他在和朋友的信中反复提到的，写作是他苦闷工作和生活的唯一发泄口。因此和同时代的其他作家比，卡夫卡的长篇小说的系统性似有不足。1914年11月，卡夫卡就曾在日记中记录了自己写作所遭遇的瓶颈，认为写作会就此停滞。《审判》的写作最终终止于1915年1月，卡夫卡还曾在1916年尝试续写《审判》，但依旧未能完成。

参照历史校勘版中卡夫卡的书写痕迹，书中女主人公毕

---

[1] 叶廷芳主编：《卡夫卡全集》，中央编译出版社，2015，第5卷第302页。

尔斯特娜小姐（Fräulein Bürstner）与他的未婚妻菲莉斯·鲍尔（Felice Bauer）有诸多相似之处。她们都从事打字员的工作，首字母缩写都是F. B.。更有学者指出，卡夫卡在设定人物时，选用Bürstner作为女主人公姓氏，本身就带着戏谑和色情的意味[1]。在手写稿中，可以看到作者对此名字的多处修改，卡夫卡最初设想的名字缩写是F. K.。在德文中，F. K.（Frau K.）可以理解为K.的妻子。文中男主人公K.也与卡夫卡（Kafka）缩写相同。但这几处F. K.最终又被改成了F. B.。这个有趣的修改也体现了卡夫卡在书写《审判》时极其纠结的心境。

三、第一次世界大战、混乱和神秘主义

与同时代的其他作家相比，卡夫卡笔下的人物的突出之处就在于常常陷入荒谬的生活状态，周围充满了讽刺、令人困惑的生活场景。这种写作风格源于卡夫卡个人脆弱的心理和精神状态，和作家本人所承受的由社会环境、原生家庭、高强度的工作以及感情状况带来的压力同样密不可分。卡夫卡曾在1922年7月12日写给好友马克斯·布罗德的信中写道："刚才我在四处乱走，要么就是呆坐，犹如笼中一只绝望的困兽。到处都是敌人……"[2]在卡夫卡的《失踪者》美国版的前

---

[1] 在乡下德语中，动词"bürsten"是一个意指发生男女关系的粗野词语。
[2] 叶廷芳主编：《卡夫卡全集》，中央编译出版社，2015，第6卷第30页。

053

德国作家克劳斯·曼（1906—1949）

言中，克劳斯·曼[1]提到，卡夫卡是一个体弱多病的年轻人，他"忧郁、害羞，带着几乎令人生畏的严肃和古怪的幽默感。他并非放荡不羁的艺术家，反倒很讲究外表的整洁；他谦恭、和蔼、内向，有时以天生的优雅举止散发出迷人风采，有时则因为眼中及笑意中那股深沉的悲伤而令人不安"。这种忧郁、谦虚又敏感的气质，也使他饱受各种恐惧与忧虑的折磨。

小说开篇就构建了一种半明半暗且荒诞的氛围，那件即将给K.的生活带来翻天覆地变化的事，就发生在K.半睡半醒的状态中。[2]"一定是有人诬告了约瑟夫·K.。因为他并没做什么坏事，就在一天早上被捕了。"[3]这大概是现代德语小说中最谜一样的开场设定。不明确的罪责，不确定是否被人诬告，也不知道被谁诬告，却就此陷入了一张无法逃脱的命运之网。有学者指出，《审判》开篇的场景并非凭空设想，而是受到了哈西迪教派中神秘主义的影响。按照苏哈尔书里的描写，等级森严的天国法庭对所有人并不可见，却又极大地影响着人类的生活。在犹太教神秘主义的传奇文学中，也记载过神的法庭在梦中审讯人的故事。法庭审讯从天而降，当事人不断地受到法庭的审讯，个人的所有生存痕迹都会在庭审中被一一提及，受到审判。而他所能做的，仅仅是以虔诚的行为来为自己辩护。就像小说中的K.一样，不停地在审判中为自己辩护，而这也是当事人为了维持生存、打破命运铁笼

---

[1] 克劳斯·曼（Klaus Mann，1906—1949），德国作家，是德国著名作家托马斯·曼之子，后移民美国，成为纳粹时期德语流亡文学的代表作家。
[2] 《变形记》的第一章节也有类似设定，格里高尔从一场烦躁不安的梦中醒来，发现自己变成了一只甲虫。虚构和真实之间的界限就此被打破。
[3] 参见《审判》第1页。

所能做的唯一尝试。

受到神秘主义传说的影响,在《审判》的世界中,法律和法庭等概念均带有隐喻的意义,它们不再仅仅代表不容置疑的权威,而是变得含混不明。小说中神父所讲的"法之门"的寓言,也佐证了《审判》中的法的荒谬,因为它违背了法律面前人人平等的规定。这扇法之门仅供乡下人一人通过,而乡下人虽然站在其面前,却终生未能入内,就如同K.寻求法院上诉的尝试,结果发现法院无处不在,而又一无所在,最终他也未能进入"法之门"。

同时,小说中支撑"审判程序"的也并不是明确无误的"法律规定",而是完全不确定的因素。审判程序本身就充满了各种荒谬:初次审讯发生在星期日,法院的调查室位于破旧的居民楼上,一位洗衣服的年轻女人充当着调查室的"门卫",预审法官对K.的迟到也毫不在意,还弄错了他的身份,以为他是刷墙的油漆工⋯⋯法院所谓的审判并未给当事人"提出证据和诉因"的可能,整个过程完全不遵循被告知道的任何规章。在第二次前往法院的时候,K.甚至偶然发现,法官办公桌上的法律书籍其实是充斥着色情插画的小说。之后,律师胡尔德将庭审需要的法律文书解释为"并不能公之于众"的资料,他认为对于外行来说,这些资料是读不懂的,它们主要用来凸显总书记官和律师们的特殊地位。虽然K.生活在"法治国家"之中,但是和这场审判有关的一切却又似乎在法的界限之外,成为脱离掌控的、荒谬的存在。

K.对自己的罪行一直不明所以。逮捕他的看守给出的解释看似冠冕堂皇,实则毫无事实依据:"我们这个机构,就我的了解——当然我也只接触最低级的层面——是不会在人民中寻找罪行的；而是按照法律要求，在有罪行出现时就把我们这些看守派去处理。这就是法律。这怎么会弄错呢？"[1] K.的罪行并不明朗，针对K.的审判却众所周知，法院的勤杂工、律师胡尔德、K.在银行的客户——一位工厂主，甚至连画家蒂托雷利都知道这件事情。小说中私人和公共领域的界限也变得模糊不明，从而产生了一种独特而令人困惑的氛围。

K.虽然是一位在银行中身居要职的总监，拥有高效卓越的工作能力，但面对审判，他却陷入一种混乱的半明半暗中，对自我的认知也因为环境的压迫而产生了变化。卡夫卡曾将法官们比作"蹲在一棵树上的一群鸟"，这正是K.所承受的来自他人旁观压力的写照：时刻处于强权的注视和监控中。他没有能力对自己的罪责进行真正的探讨，也无法从他获得的有关这场诉讼的五花八门的信息中得出结论。直到最后，他对和案件相关的所有谈话都是一头雾水。无法掌控的命运变成了束缚他的铁笼，让他无处可逃。

此外，还有一种观点认为，卡夫卡对法庭审判的描写，代表了K.的"自我的法庭"对自身的审判，这个法庭对K.长期受压抑的潜意识进行着持续的审判。K.的诉讼即是他自我控告的过程。他无法逃脱法庭的审判，因为这个法庭是他本人，而K.也没有能力对自己的罪责进行真正的探讨。K.向毕尔斯特娜小姐转述自己被逮捕的经历便是佐证。在转述时，

---

[1] 参见《审判》第6页。

K.特意对自我进行了分离,以一个观察者的身份完全精准地重构了当时自己被逮捕的场景,还将自己代入了监察官的角色。他试图以一个观察者的角色来标记人物活动的范围和形象,从而试图直面自己因受到压抑而产生的恐惧。直至他模仿监察官大声地喊出"约瑟夫·K.",作为观察者的自我才又一次与K.重合。[1]

---

[1] Peter-André Alt, *Franz Kafka: der ewige Sohn: eine Biographie*, München: Beck, 2005, pp.395-397.

《城堡》

《城堡》是卡夫卡最后一部未完成的长篇小说,展现了他独特的文学世界观,反映了他对官僚体制、社会异化及个人存在意义的深刻思考。

1922年1月27日,饱受严重肺病折磨的卡夫卡在家庭医生的推荐下抵达位于赫拉德茨-克拉洛韦州的一个小镇疗养,他的

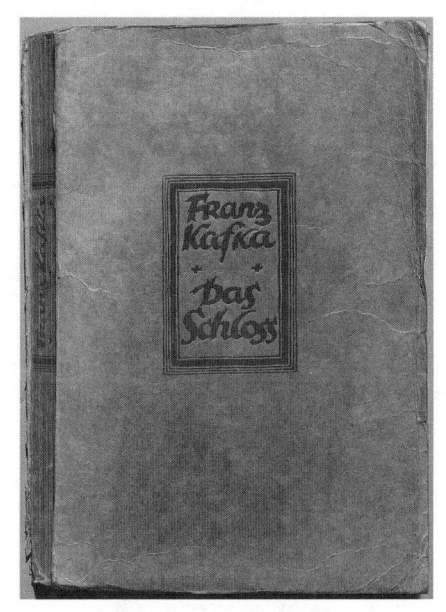

《城堡》首版封面

健康状况对他的写作产生了很大的影响。《城堡》正是卡夫卡在肺病的阴影下,在这些断断续续的休息与疗养的间隙中创作的,彼时卡夫卡已经接近他短暂一生的终点。小说中的场景和人物生动地反映了卡夫卡自己的挣扎和孤独,他将这种个人经历普遍化、象征化,创作出了一部深邃且充满象征

卡夫卡（右一）抵达疗养小镇

主义的文学作品。因为健康状况恶化，卡夫卡最终未能完成这部作品。在生命的最后几个月里，卡夫卡依然在塑造和重写《城堡》，这部小说也因他在1924年6月不幸离世留下了开放的结局。

《城堡》以主人公K.的到来作为故事的开端："K.抵达时夜色已深。"[1]这不仅是故事的开始，也是K.在读者心中开始存在的起点。他的到来不单是一个事件，也是K.所面对的世界的缩影，它为小说奠定了基调。《城堡》是卡夫卡精心设计的一个迷宫。在这迷宫中，K.如同身处一个封闭的系统，无法有效地与城堡通信，始终在渴望和挫败间徘徊，无法获得任何实质性的前进或找到逃脱之道。

---

[1] 参见《城堡》第1页。

一、书中人物名称和隐藏线索

1. 巴拿巴一家

巴拿巴（Barnabas）一家人在书中是一个特别的存在，K.试图通过这个家族来达到自己的目标，K.与巴拿巴、奥尔加和阿玛利亚三人之间的互动，有力地暗示了他作为外来者的角色和挑战。

小说中巴拿巴这个人物与《圣经》传统相关，Barnabas是《圣经》中一位使徒的名字。意思是"预言之子"或"慰藉之子"。根据《圣经·使徒行传》的记载，巴拿巴是圣保罗的朋友，在犹太基督徒的教会和外邦皈依者的教会之间游走，为有争议的教义问题带来官方的决定。《城堡》中的巴拿巴同样担任信使的角色，是K.与城堡之间的联系点。巴拿巴既是K.寄予希望的对象，也是K.尝试理解和影响城堡复杂机制的帮手。

巴拿巴还有"鼓励之子"的含义。在《圣经》中，巴拿巴的特性是：只要别人需要鼓励，巴拿巴就义不容辞，施予援手。但在《城堡》中，巴拿巴的存在却是讽刺性的，他确实能给人带来鼓励，但只要仔细辨认，就会发现这种鼓励是基于错误的理解，K.从巴拿巴处得到的常常不是鼓励而是绝望。这透露着K.与外界在信息传递过程中的复杂性和不确定性，暗示着他在尝试与体制沟通时所经历的挫折和失败。

姐姐奥尔加是K.了解和进入巴拿巴家族生活的叙述者。她向K.讲述了她的家庭故事，特别是与她妹妹阿玛利亚有关的部分。奥尔加的描述为K.理解这个家族如何看待自己的角色和在城堡中的位置提供了视角。同时奥尔加也展现出了一种双重性——她既佩服妹妹的勇气，又因为家族被排斥在村庄之外而感到痛苦。她试图通过与K.的交流来寻找一种解脱，她的行动也从侧面展现了个体在社会压力和个人信念之间的挣扎。

虽然小说中关于妹妹阿玛利亚的信息不多，但我们可以看出阿玛利亚是一个决策性的人物，即便她的年纪比奥尔加和巴拿巴小。在这个家族中，阿玛利亚的形象尤其突出，决定着家族的未来。当阿玛利亚拒绝官员索尔蒂尼的不当邀请时，她不仅为自己争取了尊严，也显露了城堡系统的脆弱。她的勇敢、她对权威的直接挑战，以及她对自己身份的坚持，无疑为K.的斗争提供了一面镜子。

2. Westwest

Westwest这个姓氏比较少见，可直译为"西方西方"，应是卡夫卡为小说创造的一个姓。通过布罗德的解读，我们了解到它可能与西方神学传统有关。西西伯爵这个人物在小说中从未真正出现，只是通过大家口口相传，从而暗指了"天上"城堡里不可见的神以及神一般不可知的权力，反映了上层权力与个体之间的距离和脱节。"西"作为日落的方向，也隐喻了堕落，"西西"的重叠使用，就更加强了堕落的色彩。这和卡夫卡写作此书时，欧洲社会因为经历第一次世界大战而产生的"末日情怀"十分吻合。

3. 常青藤

K. 在第一次见到这座变化莫测的城堡时，提到了爬满常青藤的塔楼：

> 这里的塔楼——这是唯一可见的一座高塔——现在看来，也许是城堡主楼的塔楼，是一座单调的圆形建筑，有一部分爬满了仁慈的常青藤。楼上的那些小窗户正在太阳下闪闪发亮——透露着些许疯狂——塔顶类似一个平台，墙垛线条不太清晰、不规则地断断续续又支离破碎，呈锯齿状插向了蓝色的天空，像是被一个由于害怕或粗心的孩子用手画出来的。城堡就像位阴郁的房客，本应把自己关在房子中最偏远的房间里，却冲破了屋顶，探出了身子，向世界展示自己。[1]

常青藤在西方传统里代表着可靠、忠诚和至死不渝。瓦格纳的《特里斯坦与伊索尔德》中曾用常青藤象征至死不渝的爱情，能够穿越生死直达彼岸：在两位主人公死去后，两株常青藤从墓地上拔地而起，缠绕在一起向上攀爬。施特劳斯的《少女之花》组曲中，也有一首《常青藤》。常青藤的生长方式强劲又难以控制，它们之间纵横交错，将个体紧紧缠绕，从而隐喻了体制的压迫和个体无力摆脱的命运。卡夫卡在

---

[1] 参见《城堡》第9—10页。

此处描述常青藤时，使用了"仁慈"一词，不仅呼应了《城堡》的神性主题，也可以将其视为官僚体系中那些难以逾越的障碍。

二、《城堡》里的末世情怀

《城堡》中呈现的末世情绪是对欧洲人民战后精神状态的普遍反映。在第一次世界大战的废墟上，社会中充斥着不安、怀疑和对未来的悲观情绪。反映在小说中，则是以城堡为代表的无法理解和控制的力量，以及个人在大型体系中的无力感。

作为一名测量员，K.试图在村庄和城堡这一庞大官僚体系中找到自己的位置，不幸的是，他发现自己被迫卷入了一系列的官僚旋涡，陷入了无尽的等待和不确定性中。尽管K.进行深度反思，不断地自我质疑，试图在混乱中找到意义，但他永远无法见到城堡的官员，也无法执行他所宣称的任务。

代表了城堡中那些被压抑、孤立、不断挣扎但又无法解脱的个体，他的旅程是一场被社会结构塑造的荒诞悲剧。尽管K.固执地揭示城堡的秘密，但他的每一次尝试都是徒劳的，他的坚持和城堡无形的、不可逾越的权威之间的冲突构成了小说的悲剧中心，从而产生了荒诞。这种悲剧不仅仅是个人努力的失败，也反映了整个社会系统中无法解决的矛盾。K.的每一次行动、每一段对话，甚至他的沉默，都在反映一场深层的文化和社会的危机。卡夫卡通过K.的经历揭示了人们在战争之后的心态变化——战后人们的信念体系遭到猛烈震撼，社会上充满了破坏和怀疑。如K.一样，人们在面对巨大的、冰冷的、不理解的社会力量时，试图维护自身的存在感和自尊心，却在一个不可知的官僚体系中反复遭遇失败。人们对未来的恐惧、对权力的怀疑，以及对个人能动性消失的焦虑，都被K.在城堡下的挣扎凝聚和象征化了。

K.的人物性格充满矛盾。他向城堡的跋涉彰显了个体在社会结构中的渺小，他的不断自我反省又显示出他在一个不友好的环境中寻求个人意义和目标的努力。他既是一个对目标坚定不移的强者形象，又有随时可能在体制面前屈服的普通人的弱点。K.的坚韧和体制的不可预测性之间的碰撞进一步加剧了他与周围世界的疏离感。K.在城堡的求索不仅是一个寻找工作的过程，更是一场对身份、归属，以及个人价值的探索。

在小说最终没有结局的结构中，K.所面临的悲剧变成了一个无限循环的图景。他不能离开，也无法真正成为这个世界的一部分。这不仅是对心理状态的描写，更是对社会现实的一种警醒。K.似乎成了我们每一个人——那些试图在一个莫名其妙且似乎被设计来排斥我们的体系中寻找自己位置的人。他让我们思考：当我们的生活被体制化，当我们的行为被制度化，当我们的思考被规范化时，我们还剩下什么？

卡夫卡大事年表

在孤独世界里挣扎的孤独者

1883年
"我很长时间都是独自一人"

> 我很长时间都是独自一人,与奶妈、年老的保姆、刻薄的女厨师及忧郁的家庭教师打交道,因为我的父母整天都在为商店里的事情忙碌。
>
> ——卡夫卡《致菲莉斯情书》

弗兰兹·卡夫卡于1883年7月3日在布拉格出生,是商人赫尔曼·卡夫卡和妻子尤丽叶的第一个孩子。

卡夫卡出生后不久,他的母亲便开始接手家中商店里的职务。卡夫卡的日常生活由一个保姆照料,只有在午饭时间,卡夫卡才能短暂地与父母相处。

卡夫卡一家在他出生后的几年间频繁搬迁,年幼的卡夫卡被迫适应不断变化的环境。

孩童时期的卡夫卡

卡夫卡的出生记录

右下角是卡夫卡的父亲开在布拉格老城广场的商店

1889—1901年
"我很少学习,什么也没学到"

> 我每天都对自己忧心忡忡,关于各种各样的事。比如担忧我的健康,也都是些小毛病,这里那里都有小问题,例如消化不好、脱发、脊柱弯曲之类的。
>
> ——卡夫卡《致父亲》

1889年,卡夫卡进入专门为中产阶层的孩子开设的布拉格德意志人民小学学习。卡夫卡读小学时,他的三个妹妹相继出生,但由于他与她们的年龄相差太大,他很少跟妹妹们一起玩。

卡夫卡和妹妹们

1893年，成绩优异的卡夫卡被父亲要求从五年级跳班升入彼时以严格著称的"布拉格旧城德语讲课国立九年制高级中学"，成为班级中最年轻的学生之一。他在中学时代就开始写作，但大多散文作品都被他销毁了。

1901年，卡夫卡顺利通过高中毕业考试。拿到毕业证书后，十八岁的卡夫卡在舅舅的陪同下，完成了人生中第一次出国远行。

卡夫卡（最上排左二）的班级照片

1901—1907年
"我想找一个不那么伤害我虚荣心的工作"

> 我安静而诚惶诚恐地度过了文理中学、浑浑噩噩地混过法学教育,最后每日在公务员书桌前度日。
>
> ——卡夫卡《致父亲》

1901年,卡夫卡开始就读于布拉格的德语大学。卡夫卡起初想要学习哲学,后来为了更好地择业,与朋友们共同注册学习化学;又在两周后转入法律系,并在修习法律期间几度考虑将自己的专业换成日耳曼语言文学。

1902年,卡夫卡在一场学术报告中结识了后来成为一辈子知己的马克斯·布罗德。

1906年4月,卡夫卡进入理查德·列维的律师事务所担任临时助理员;6月获得法学博士学位,并刊登了一则简短的广告,将自己的学术头衔公布于众;10月正式开始在专区民事法院和刑事法院实习。

1907年3月,卡夫卡进入地方法院实习。在法院实习的一年被卡夫卡称为"混日子的时期",彼时的他在经济上依然依赖父亲,时常在工作日的下午跑到咖啡馆阅览报纸和文学刊物。

卡夫卡的三幅自画像

1907—1911年
"我在写作中小小地尝试了独立、逃离"

> 我在生活中总是被抛弃,被负面评价,被压迫,虽然我极力想逃往别处的想法让我非常焦虑,但这也并不是什么工作,因为它是一件不可能的事情,以我的力量甚至连一个不可能的小例外都无法实现。
>
> ——卡夫卡《致父亲》

1907年10月,卡夫卡就职于忠利保险公司,在人寿保险部门负责统计方面的工作。不到半年时间,卡夫卡就感受到了每天坐办公室的压力,并为自己不得不搁置的文学创作感到焦虑。

1908年7月,卡夫卡以健康问题为由辞去了忠利保险公司的工作,并于同月底入职了半日工作制的工伤事故保险公司。

工作中的卡夫卡表现出了极强的责任感和专业性,入职后一度升职加薪,但同时也对工作怀有一定的矛盾心理。这期间,卡夫卡在布罗德的引荐下进入了布拉格市作家圈和艺术家团体,结识了许多当地作家。

1911年底,卡夫卡成为父亲所拥有的石棉工厂的股东之一,被要求偶尔进行实地视察,并负责工厂中涉及企业规划的司法问题,这些任务大大挤占了他下午的写作和休息时间,甚至使他一度产生了结束生命的念头。

1906

4月至9月

律师事务所实习

在母亲的异母兄弟理查德·列维的律师事务所实习。

10月至12月

先后在州法院、刑事法院进行法律实习。

1907

10月

保险公司临时职员

在意大利忠利保险公司任临时职员。

1908

2月至5月

在布拉格贸易科学院参加工人保险法习班。

7月

在半国立的布拉格波西米亚王国工伤事故保险公司任临时职员。

1910

5月1日

正式成为保险公司职员

075

卡夫卡家的石棉工厂在报纸上刊登的广告

1912—1917年
"我为什么没有结婚呢？"

  我的软弱、缺乏自信、负罪感，在我和结婚之间拉起了一条形式上的警戒线。

…………

  我为什么没有结婚呢？生活中实在有太多琐碎的障碍，到处都是。生活本身就是在接受这些障碍中前行。

——卡夫卡《致父亲》

1912年8月，卡夫卡在布罗德的寓所邂逅菲莉斯·鲍尔——这个他一生中最重要，可能也是最刻骨铭心的爱情故事的女主角。同年10月起，两人开始通过信件频繁联系；这种高频率的信件往来激发了卡夫卡的写作活力，他就此进入了文学创作的一个多产时期。

《判决》就是他题献给菲莉斯的小说，是他在给菲莉斯寄出第一封信的两天后彻夜写就的；

9月26日，他开始重新构思停滞了半年之久的他的第一部长篇作品《失踪者》，并向菲莉斯透露自己在这个小说中因为写作的顺利，有过一阵"抑制不住的啜泣"；

11月17日，卡夫卡又在给菲莉斯的信中写道："还有一个在床上苦恼时想到的，并使我内心感到压抑的简短故事

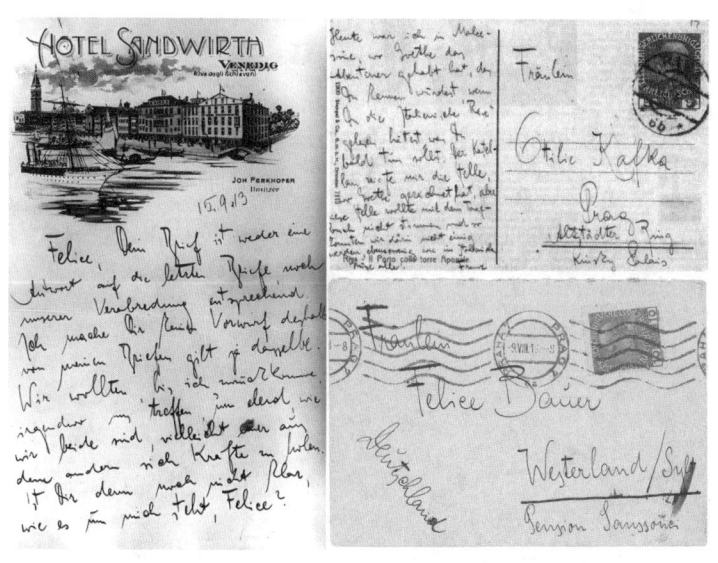

卡夫卡与菲莉斯的往来信件

要写。"这是卡夫卡第一次向别人提及日后举世闻名的《变形记》。

1914年6月,卡夫卡与菲莉斯订婚。出于对自己是否适合结婚的怀疑,以及心中产生的越来越大的恐惧和矛盾,卡夫卡在后来的一次会谈中仓促解除了婚约——对卡夫卡而言,一种人生构思在这里遭到危险,婚姻一旦实现,他作为作家的自我就将全部破灭[1]。而这次会谈,也深刻影响了卡夫卡第二部长篇小说——《审判》的创作。

1914年7月底,第一次世界大战爆发。卡夫卡想要履行集体义务,应征入伍,可他所供职的保险公司却以其从事为战争服务的工作为由,干预了指挥部对他的征召令,这使卡夫卡倍感失败。同时,现实的政治形势使卡夫卡的工作负担加重,办公时间增加了从16点到18点两个小时,大量的文案工作阻碍了他的创作。

1916年11月—1917年6月,卡夫卡开始在妹妹奥特拉新租的寓所里写作。在这个安静的公寓里,卡夫卡摆脱了原本住所喧嚣的生活环境,得以保持一个规律的生活作息进行创作,《乡村医生》集内的一系列短篇小说正是在这段时间写就的,但同时,他也感受到了前所未有的孤独。

---

[1] 彼得-安德列·阿尔特:《卡夫卡传》,张荣昌译,花城出版社,2022,第309页。

1917—1924年
"孤独比任何一切都更强有力"

> 生活的走向难以预料,或许更糟糕的事情也时时发生。
>
> ——卡夫卡《致父亲》

1917年8月初,卡夫卡在平民游泳学校咯血;9月,卡夫卡在布罗德的陪同下进行肺部检查,被诊断为两肺尖结核。他向公司提出退休,但公司只批准他申请休假。

从这时起,疾病的阴影开始长久地笼罩在卡夫卡的生活之中,尽管前期他几乎不怎么在肉体上遭受到自己所患疾病的痛苦,但他却将这种病理解为一种信号,这种信号向他宣

罗斯托克附近的海滨度假胜地,卡夫卡曾于1923年在这里疗养

告了他的"总体破产"[1]。

1918年1月,卡夫卡再次向公司提出退休,再次遭到拒绝;4月,回到公司上班;10月,卡夫卡患上西班牙流感,生命垂危;11月下旬,再次回到公司上班。

1919年9月,卡夫卡与他在疗养时认识的病友尤丽叶·沃吕察克在布拉格订婚,遭到了父亲强烈的反对——父亲后来甚至将这段婚姻称为"严重的错误",这次情感的受挫似乎成了卡夫卡写下那封著名的《致父亲》长信的导火索。

卡夫卡《致父亲》手稿(其二)

---

[1] 彼得-安德列·阿尔特:《卡夫卡传》,张荣昌译,花城出版社,2022,第488页。

在《致父亲》中，卡夫卡由自己胆怯、固执的孩提时代展开，倾诉自己成长过程中由于性格所导致的在家庭、婚姻、工作等各方面感受到的恐惧和孤独。这封信也可看作卡夫卡回顾一生的"孤独之书"。

1922年6月，保险公司终于同意卡夫卡退休。往后卡夫卡的病情逐渐恶化，同时饱受睡眠障碍和抑郁的困扰，长时间辗转多地疗养院和医院。最后一部长篇作品《城堡》正是他在一次疗养旅行中迸发的灵感产物。

1924年6月3日，卡夫卡病逝；6月11日，在布拉格施特拉施尼茨的犹太人墓地下葬。

卡夫卡的父亲在其去世后为他刊登的讣告

卡夫卡纪念墓碑